始まりの場所　終わりの場所

大野弘紀

JN135685

エムピース

Prologue

一つの道の上を

木の葉のように
物語が散った

足跡がずっと続く――道の上を

花びらのように
詩が舞った

星みたいに交差して
重なるようで　触れないままで
別々なようで　どこかで一緒で

交互に踏《ふ》み出したその足で
一歩ずつ繋げて
旅するように

いつか願った
離れた場所で
同じ月を見るように

道を描いた
二つの場所を
一つの太陽が照らすように

始まりの場所　終わりの場所

第一章　それは青い鳥のようで

1

風に揺られ
目覚める頃
芽を出す君

――ここは始まりの場所――

夜が終っていく
山から光が立ち登り
森から闇をすくい取っていく

川は煌《きら》めき光を揺らす
草原に散った雨粒は光を湛《たた》えて緑に輝く

大地は海のように広がる
草は風に波打つ

――佇《たたず》むのは一本の木――

幾重《いくえ》にも別れた枝の数々が
風に触れて震《ふる》える

照らされた葉は
光が揺れるかのよう

その——一枚……

羽ばたくように
枝から手を放す

風に抱かれ　光に包まれ
太陽が微笑み　大地が見守る
揺り籠《かご》のような　この世界を泳ぐように

新しい旅が——始まる

「始まりの場所　終わりの場所」

始まりの場所
それは夢を見る場所
始まりの場所
それは歩き始めるその瞬間
始まりの場所
それはきっと出会った跡
始まりの場所
振り返っても見えないずっと先

終わりの場所
それは目を瞑《つむ》る場所

終わりの場所
それは歩みを止めたその瞬間

終わりの場所
それはきっと　思い出の中

終わりの場所
手を伸ばしても届かない遥《はる》か彼方《かなた》

始まりの場所　終わりの場所
ここから始まる場所　生きていく場所
ここで終わる場所　眠りにつくために

2

夕陽が照らす帰り道　見上げれば飛行機雲

続いていく雲の先に　なにがあるのだろう…

ひらひらと舞うのは一枚の葉
どうしてこんなところにあるのだろう

周りを見ても　誰もいない

どこに行くの…

——一歩　踏み出したのは

心があの葉を　追いかけようとしたから

足は止まらなくなって——駆《か》け出した

—待って…

追いかけて——でも　近づけなくて

―置いていかないで…

寂《さみ》しかったのかな
心細かったのかも

走って　呼んで　待って
葉は泳いで　舞って　こっち

風が吹くたびに　今度はあっち　そしてまたこっち
風が止んで―降りてきて　ようやく―掴《つか》んだ

その先には

―川

――落ちる

―水の世界に

水面を見たら

―映る桜

「心のゆくえ」

これからどこに行こう
心はどこに行くだろう

ありかを探して
ゆくえを知りたくて

見つかるかなー自分の居場所
分かるかなー心の向かう先

時は流れたら　もう戻らないのに
心は留まったまま

心は揺れ動いて　元に戻るのに

置いていくように　空は移ろう

—さようなら—

—ずっとこのままならいいのに—

手を放して

失うのが怖くてしがみついた

歩き出して

行き先が分からなくて立ち竦《すく》む

3

降り注ぐ葉の音で　目が覚めて
日だまりの中で　起き上がる

木々の間から日差しが零《こぼ》れて
揺れる葉が　カーテンのよう

そこに突然映った影のような
一枚の葉―オーロラのように閃《ひらめ》いて
流れ星のように―見えなくなった…

―あれを…追いかけていたんだ……

草を踏んで　木の根を跨《また》いで
光と影の間を駆け抜ける

森を出て――立ち止まる
葉はもう遠く―舞い上がって
光の中へと吸い込まれるように―消えて…

―立ち尽くした…

足元で風が吹く
風は弱々しくて
草は頼りなかった

空はどこまでも続いていて
地には終わりがなさそうで

途方に暮れてしまう

吹き続ける風は―強く
押し寄せるように―背中を押して

思わず足が出て――もう一歩
…また一歩…そして―一歩…

こっちでいいのかな……確かめようとしても
風は強すぎて―立ち止まることができなくて
光は眩しくて―目を開けることもできなくて

もう一度風が吹いて　そうして前へと出た足は

――地面を失った――

「夢が残したもの」

見つめていたのは闇

足元から溢《あふ》れ出て
立ち登ってくるかのようで

飲み込まれていく
光が――消えていく……

このまま自分も消えてしまうのだろうか
誰も―気づかずに…

足が―竦む…

すべて―消えてしまう…

始めから―なにもなかったかのように…

その遥か先に…
まるで宇宙の彼方の星のような

――光

――今に
ようやく届いた――一筋の光

光の向かう先はどこへ……

止まった足が
――動き始める

4

光が差す―空
さえぎった手―入り込む影

聞こえたのは鳴き声
見上げれば―飛んでいる鳥

起きるのを待っていたかのように―同じ場所を回っていた

――まるで
空に見えない道があるようで……

――ねぇ……
どこにいくの……

その声は
風に揺れて―飲み込まれた

もう一度―聞こえるように
そう思って―息を吸った

でも―その息は
あぁ……という
ため息になって―

―行っちゃった……

――あの鳥は

どこに行くのだろう…

見上げた空には
取り残されたような雲と
一枚の羽根だけがあった

「風の通り道」

ここは波が銀に煌めく海
そして雲が白く輝く空

どこまでも青い世界が続いていく
果てのない自由が広がるようで

なにも――選べない……
どこにでも行けるはずなのに――どこにも行けない…

――風の向きが　変わった……

透き通る音がする

――それは誰の声

葉がひらひらと泳いでいく
それは風……
――光かもしれない

気がつけば夜

闇がしんしんと降り注ぐ
それは星……
――涙かもしれない

思い通りになるようで
なにも思い通りにならなくて
進むべき道は彼方へ
――導かれるように

5

白い雲　眩い光
泳ぐ風　揺れる羽根
舞い上がって　遠くへ　その繰《く》り返し
小さくなって　見えなくなって――そうして
目の前を覆うような――岩の壁……

登ってみようとして
触れても　痛いばかりで
まるで掴めるところはなくて　足もかけられない

その上を風は躍りながら吹き抜けて
雲は眠りながら通り過ぎていく

壁そのものが拒んでいるようで

手を離して　両手を見つめた

それはきっと……
こんなふうに――小さくて
弱いから……

見上げたら日差しは強くて
痛いくらいに眩しい

あの森の木漏れ日は柔らかくて
優しかったのに……

もう――戻れない……

心にあったなにかが
なくなったような気がして

――寂しかった……

「希望――すべてはいつか失われるもの」

なくなるものなら
握《にぎ》りしめていて
その手からなくしてしまわないように

失われたものなら
留《とど》めておいて
その胸から消えてしまわないように

見えない場所で抱きしめて

たとえすべてが

いつか失われるとしても

――それを

なんて呼べばいいだろう……

6

目の前に―突然
舞い降りた―花びら
驚《おどろ》いて―後退《あとずさ》って　背中がぶつかって―振り返った
風が吹けば　花の音はせせらぎのようで
流れるように　花びらが散っていく

――それは桜の木

空は煌めくような　花びらは降り注いで
光が散っていくようで……

言葉が――出なくて……

それでも口は
開いたり閉じたりを
繰り返して

「――きれいだね……」

やっと見つけた言葉は
それでも足りない気がして
あれこれと考えていたら

——声が
——聞こえた……

—あなたは……誰—

——それは
——桜の声……

聞かれても
なんて答えればいいのか
うまく言えなくて……

—あなたは—
また…桜の声

—どこへ……行くの—

「——分からないんだ……」

―どうして―

「それも―分からないんだ…」
どうしようもなくて―俯《うつむ》くしかなかった

―不思議な人―
その声はまるで―微笑んでいるようで

思わず顔を上げた
「―どうして…」震えた声が掠《かす》れて―続かなかった

―自分すら分からなくて―どこへ行くかも分からないなんて―

まるで一呼吸のような　少しだけの―間
風がさわさわと頬《ほお》を撫《な》でて―止んだ

―じゃあ…どうして――ここに来たの―
花びらのように　言葉が落ちてくるようで

「分からないんだけど……」
拾い集めるように―思い出そうとして――

花びらが一枚…また一枚と…はらはらと散っていく…

手のひらに―ひらりと乗った

――森があって　その中で光がこう……ふわって…揺れていて
その間を――葉っぱが躍っているみたいで
ぜんぜん寂しそうじゃなくて……
ひとりなのに――どうしてそんなにも楽しそうなの
どうしてそこで躍っているの……聞きたいことが沢山―あったんだ…
でもどこかに行っちゃうから　追いかけたら　風が強くて
戻れなくて　でも―進むしかなくて…寂しくて―気づいたら

――足元を見た
「ここにいた……」

―そう―

桜は散っていく
風に吹かれて
光に包まれて
地面に落ちた

―夢も希望もないの―

そう――桜は言った

「孤独の月に　虚無の空」

始まりは覚えていない
そこにはなにもなかったから

一滴の雫が落ちてきた
海が満ちるように　空が広がっていく

それは光だった
だからそれまでここは闇だった

世界は変わっていく
なのに体は動けない　心も動かない
大地に縛られて　空に囚われている

まるで—自分だけが取り残されるようで
こんなにも広いのに——どこまでも独り
あの——月のように……

雨に打たれて　風に扇がれて
光が降り注いで　星が輝いて

こんなにも美しい世界なのに
虚しくて——泣いた……

この世に産み落としてほしい—なんて
誰が頼んだというの

この世界で生きることを
誰が決めたというの

誰が—望むというの…

7

――夢…？
――希望…？

聞き返しても　花びらは散って　風は通り過ぎて　光は降り注ぐばかりで
誰も―答えてくれなかった
「―でも…君はきれいだよ」

―どうして…―
桜は花びらを散らして言った

―どうして……その声が――なんだか寂しそうだったから
――きっとこのひとにとっては大切なことなんだ……
なにか言わなきゃ……でも――なんて言ったらいいんだろう……

――だから
一生懸命考えた

足元の草が早く早くと揺れて
遠くの雲が慌てるなと漂って
光が微笑むように降り注いだ

見えるもののすべてが　きらきらして
ふわりと　風に舞い上がって
いつの間にか手を――差し出していた

はらはらと花びらが落ちていく
その中の一枚が　手のひらに乗って
手の中で　風に揺れた

あぁ――そうだ……

ぼくには夢や希望がよく分からないけれど――君は生きている
それは夢や希望とは―言わないの…？
言ってみたら―本当に…太陽の下で桜は本当に―光って見えた

―でも…私は失われてゆく―
私にはなにもないの―桜は泣くように言った

――どうしてだろう……
胸の奥が痛くて――手のひらに乗っていた花びらを――握った
まるでそれは――涙のようで……

――君がなにもなくて泣くのなら……
「ぼくが――探しに行くよ」

「夢のありか」

夢はどこにあるの
世界のどこかに散らばっているよ
夢はどこにあるの
昨日の思い出に　そして明日の歩む道に
夢はどこにあるの
それは今日　そして今　この一瞬間に
夢はどこにあるの
既に君は持っているかもしれないよ

夢はなに
どこにもなくて　なくしてしまうもの
夢はなに
誰かが拾い集めて　胸にしまったもの
夢はなに
触れられないのに　写真のように思い出すもの
夢はなに
それは思い　それは心　確かに見たもの

――ねぇ
夢はどこにあるの……

――それは
君の中にあるよ

8

――それから

名前も知らない　見たこともない
そんな夢と希望を　探し回った
それは宝探しの日々で　まるで冒険のようだった

「ねぇ――見て、虹だよ。まるで橋みたい」

―そんなものはすぐに消えてしまう―

こんなにも広くて　きれいな世界だから
きっとなにか見つかる
そう――思っていた…

「――すごいよ、ほら、星があんなに輝いているよ。まるで宝石みたい」

―でもそれは決して届かない光―

どんなにきれいなものを見つけても
どれも変わってしまって

「――どこまでも落ちていく滝を見つけたんだ」

―でもそれはただ水が墜《お》ちるだけ―

話そうとした時には
違うものになっていた

「――それと…きれいだけど―ひとりぼっちの花を―見つけたんだ…」

―でも…それはどうせ枯れてしまう―

なにを探して　どんなに話しても
返ってくる言葉は虚しさばかりで
見つけた分だけ　悲しくなる気がした

「君のほしいものは――ここにはないのかな……」
俯いて…ぽつりと…言ってしまった…

―どうせ消えてしまう…みんななくなってしまう
私と同じだから―そんなもの…嘘《うそ》と同じ―

すべて嘘だと言う君に
ぼくはなにも――言ってあげられなかった

そよ風と　草のざわめき
透明の光と　透き通る雲

嘘なんかじゃない――言いたいのに
その言葉の方が…嘘だと思った

立ち尽くすしかなくなってしまった―ぼく
ただ泣いている―君

花びらが舞って―指の隙間《すきま》から―落ちていく

―嘘つき―
柔らかな花びらに混じるように冷たい言葉が刺さるようで

―夢を見つけてくれる――て言ったのに―

「嘘じゃないよ……見つからなかっただけ……」

顔も上げられない…
声も小さくなってしまう

―もうあなたなんか知らない―

顔を上げて—口を開こうとしたら
あっちに行って——と突き放された

「……さようなら……」

君はなにも言わない

そして背を向けた—ぼく
泣き続ける—君

「また—来るよ」
—もう来ないで—

「またね」
—知らない—

もう一度—振り返った
それでも—やっぱり

君は—泣いていた……

「青い鳥」

山は雲と語らい
雲は空と語らい
空は海と語らい
海は星と語らう

星は闇と戯《たわむ》れ
闇は光を追い
光は星を抱き
命はその狭間《はざま》を生きる

瞬いたものは
時に歪《ゆが》み　ある時は捻《ねじ》れ　終《つい》には崩《くず》れてしまう
たとえ失われるとしても

最期に一筋の光となって　胸の奥に届く

そして命は輝く
また誰かに届けるために
——それはまるで
青い鳥のように

第二章

失ったものを探して

1

雲が太陽に近づいては　離れていく
影が濃くなったり　光が眩しくなったりしながら
風が吹いて　光が揺れるように　草原が波を打って
どこまでも——続いていく

どうしてだろう
——こんなに広いのに

こんなにもきれいで
なのに——ここにはなにもない……

——振り返ると
もう君の姿は見えない

——目を瞑ると
君が浮かんだ……

目の前にいないのに
どうしてこんなにも近くで感じるのだろう…

——君は…
この世界でなにを見てきたの
たった一人で——なにを探していたの

君のことを知らないのに
どうして見つけに行くなんて言っちゃったんだろう

君のほしい物が分からないのに
どうして見つけられるなんて思っちゃったんだろう…

丘のような高い場所に　気づいたら立っていて
顔を上げたら　吸い込まれそうなくらいに—どこまでも続いていく—広い青と—深い青
押し寄せては引いていく風の音と——波の音がまるで——息をしているようで

どこにでも行けそうなのに
どうしてだろう…どこにも行けない気がした

それはいつも感じていた心細さで
ずっと傍《そば》にあった寂しさで

——もう　あの場所は遠くて
ここは　雲があんなにも近い

「勇気のありか」

助けてほしいのに
言い方が分からない
目の前にいるのに
手を伸ばせない

声が出ないから
誰もが通り過ぎていく

――助けて……

そんな言葉が誰に届くだろう

想いが零れてしまうから
立ち尽くしてしまう

手を伸ばすように
光を探して

どこにもないから
心は彷徨《さまよ》っている

――いつか

手を差し伸べられたなら
この手で取れるだろうか

でも――そんな勇気が
どこにあるだろう……

2

海の上を揺れる筏《いかだ》は
まるで水面の月のよう

すぐ近くで鳴き声がして
振り向いたらイルカが飛び跳ねて

少し遠くでクジラが息を吐いて　しぶきが雨のよう
尾が跳ねて　筏が揺れた

鳥が空を泳いで
虹が空に架《か》かる

星が彼方に咲いて
目を瞑れば朧《おぼろ》な君

光は流れて消えて
零《こぼ》れ落ちる君の涙

光に照らされて
瞬く花びらは笑うようで

あの星のように

――この世界のように

「美しき生命」

夜が訪れれば咲くように満月が輝く
星々が花びらのように散りばめられ
オーロラは風になびく草原のよう
大地を割るような雷が雲を裂《さ》き
川が流れるように虹が架かり
彼方で目覚めるように花が咲く

いつかそれらも枯れるように消えていく
訪れた夜は深まればただの闇
そんな場所に――冷たい雨が降り注ぐ

どんな世界であっても
美しいものがあるのなら

きっと―そんななにかに出会うために
命は鼓動する

3

心は波打つように揺れて
荒れた海は震《ふる》えるようで

振り落とされないように
しがみつくので精一杯

雨はあっという間に　滝のようになって
降り注ぐ滴で　前が見えなくて

口を開ければ海の中にいるようで
目を開ければ潰《つぶ》されるくらいに痛くて

体が浮き上がった気がした
思わず手を離してしまった

なにも見えなくて――夜の中にいるみたいだった
まるで――世界が壊れてしまったかのように

――風が……

さらさらと砂粒を撫でて
――海が……
ゆらゆらと砂浜を鳴らす

「――」
目が――覚めた…

――声が
聞こえた気が―した……

――体を起こして
足元には…筏の欠片
波は寄せては引いて―転がっていく……

――立ち上がって……
振り返ると海
見渡した先に――崖《がけ》

――どうしてこうなっちゃったんだろう……
見えるものが歪《ゆが》んで―滲《にじ》んでいく…

――もう戻れない

どこにも行けない……

もう――嫌だ……

風の音が静かに
波の音が響いて

それは寂しいようで
なんだか悲しいようで

なのに――なにもない……

――なにかが見えた
思わず手が伸びた

開くと―花びら……
囁《ささや》くように――揺れる……

――あなたは……どこに行くの――

手を放すと　蝶のように　舞い上がる
ぼくは——どこに行くんだろう……
ずっと—見つめていた
それは——舞い落ちる

「歩み」

それでも　歩いていく
それは　生きるということ
生きるということが　前に進むことだから

4

零れそうなくらいに瞬く星
真夜中の太陽みたいに輝く月

一つ…その一歩は風に吹かれれば飛んでしまいそうな
また一つ…それは雨に打たれれば消えてしまうようで

まるで―揺れる蝋燭《ろうそく》の火のように

その足跡は――確かに――ここに

ずっと先まで――続いていく

「今」

苦しい時は　夜のようなもの
その時　世界は暗くなる

夜は明けるもの
だからここで終わらせてはいけない
それは前に進むためにあるもの

険しくても—道は続いていく
それは—今しか見えない——光の筋

5

i

壁に手を添《そ》えて　少しずつ
僅《わず》かな足場を　探《さぐ》りながら進んで
一歩ずつ　踏み出して

足元を　風が通り抜けていく
――見上げれば
そこはさっきまでいた場所

――この先にあるのかな……

見放すように日が落ちて　怖いくらいの夜にしがみついて
ようやく崖を降りたら　ずっと遠くまで――空を見ていた
夜はどこまでも続いているようで　なにも見えなくて

――君が言った通り―やっぱりないのかな……

――眩しくて　手で遮って
夜に光が差し込んで　空が広がっていく
見上げた空の向こうに星が　瞬いて―消えていくようで

――もしかしたら―気づかなかっただけで
ずっとそこに―あったのかもしれない……

ii

――花びらが舞い落ちる――
風が吹けば舞い上がる
音もなく――桜は泣く……

夜空の下で桜は月にため息
でもそれは零れ落ちてしまう
後悔は　花びらのように募っていく――敷き詰められていく……

自分から突き放したのに
――今さら後悔なんて

失われるものなんて
慣れているはずなのに……

あなたのことを――考えてしまう……

足跡を追いかけるように
――花びらが風に泳ぐ

「旅路―出会うために」

失うものはいくらでもあった
だから何度でも手を伸ばしてきた

花びらと別れても　彼方に星は現れて
見失っても　目を瞑《つむ》れば風が動き始めて

星が瞬いて
遠くのあの人を想う

夢を見るように
伸ばした手は届かなくて

過去に置き去りにしたものは

もうすれ違っているから
この手が重なることはなくて

それでも――出会うために
歩みは続けて

もう一度夢を見るように
夜は明けていく

第三章　見つけた夢

1

夜を渡るように　光を追いかけるように　旅は続いていく
空と星を目印にして　その軌跡を　辿っていくように

眠れば夢を見た
君の涙　温かな香り
目覚めれば　その声も褪《あ》せていくようで
雨が降ってきて
手のひらで受け止めて

きっと――今も君は……

見上げた空に　語りかけていた
口ずさむように　木漏れ日にいるように
ふと――笑みが零れた

「信じるということ」

——大切なことは
なにを信じるか

——だから

この世界は
言の葉で溢れていて
その中から一枚を選び取ったなら
大切に持っていて
それはきっと
時には後ろから照らして　倒れそうな時は支えて

あなたの中で――光を放つから

2

――地面はひび割れて
風が吹いて　石が転がっていく
散らばっているのは　折れた木の枝
砂は舞い上がって……まるでここが
終わりの場所のような気がした

風が強くて　砂が痛くて　腕でさえぎって
風にあおられて　よろめいて　立ち止まる
――ここは来るべき場所ではない
そんなふうに――言われている気がする

進もうとしても　うまく踏みしめられなくて
転びそうになって　出した足が戻って
体が押し流されそうで

まるで消えそうな蝋燭《ろうそく》の火
それでも必死に
握りしめていたものはなんだっただろう…

影から浮かび上がるように

見えたのは――一本の木……

立っているだけのそれは
まるで骨……

――ここにはなんにもない……

段々と浮かび上がるように現れて
次々と松明のように　揺れて

呼んでいるような　手招きしているような
足は自然と木の多い方へと向かう

――風が止まった

まるで――大きな壁の隙間に入り込んだかのような
振り返ると大雨のような砂嵐　見上げると――青空と白い雲
空は同じなのに　こんなにも隔たっていて
そうして壁に挟まれて続いていく――一本の道

落ち葉が…ぽつり…ぽつり……落ちていて
風が吹いて―足を避けるように―流れていく
落ち葉は増えていく―気づいたら乾いた音を踏んだ

壁を抜けると
木々が並んで　落ち葉は水のように流れていく
流れを辿っていくと――音がした

なにかが叫んでいるような
さっきの砂嵐の音に似て
でも木の騒めきのようでもあって

この音は――どこかで聞いたことがある…

懐《なつ》かしく思った　こんな場所なのに
こんな場所だから――音のする方へ走った
知っているものが　ほしかった

ずっと――下へと続いていく水の音
中央に架かる虹は橋のよう
それも――知っていた

この虹を渡れたら
この滝を降りられたら
なにか見つかるだろうか……

―どこにあるの―
零れた声は涙のよう

―どこにもないよ…―
掠れた声は――胸の中で大きく揺れた

目の前が滲んで
――分からなくなって…

膝が――崩れた

支えを失った体を
風が―受け止めて
葉が―手を掴んだ

――駄目
堕ちたら――駄目

――声が
聞こえた気がした……

辺りを見回して
なにも変わっていなくて
ただ――立ち尽くしていた

――その時

――……

――君の声が
聞こえた気がした……

「この世界の　その言葉について」

もしも言葉というものに形があるのなら

それは　どんな形だろう
受け取ったら　どこにしまえばいいだろう
その重さは　なにで決まるのだろう
どんなふうに現れて　消えていくのだろう

心を映し出す　鏡のような
瞳の中の　世界のような

生まれ落ちた場所はどこだろう
眠りゆくのはいつだろう

始まりの場所は誰も知らない
その言葉は　どこに届くのだろう

手に触れるようで
出会ったのは――心の中で

もしも言葉というものがこの世界をかたどるのなら
淵《ふち》をなぞればきっと――自分自身に辿り着く

3

音もなく　体が揺れた
立っていられない　しりもちをつくように　しゃがみこんだ
まるで地面が　海みたい

地響きはまるで　耳元で鳴る雷　耳を塞ぐこともできない
手を離したら　風に飛ばされるように　どうなってしまうか分からない
空が割れるような音がする　滝のように　なにかが崩れ落ちていく

体が動かなかった　揺れが収まった後も　胸の奥と体の震えが　止まらなくて
ずっと――揺れている気がした……

――立ち上がって
――一歩……踏み出してみる　地面は揺れなかった
周りを見て――なにも変わっていないようだから――もう一歩……
ゆっくり――歩いてみた……

進んでいけばいつもと変わらない
自分に言い聞かせたら　震えはなくなった気がした
体が動いているから分からなくなっただけかもしれない

今度は立ち止まる方が――怖くなってしまった
でも走るのも怖くて――歩くしかなかった

――足が止まった

地面の裂《さ》け目を見つめて　底が見えなくて
まるで夜が口を開けているようで

――目の前が途切れていた――

頬を掠めるように　花びらが
向こう側と　立っている方を　行ったり来たり　振り子のように揺れて
裂け目に沿《そ》って　川に流されるようにして　崖へと吸い込まれていく
裂け目はどこまでも続いていて
一歩も動けないままで　拳《こぶし》を握るだけ
ずっと先を見つめて
まだ終わってない―て―思った
ずっと続いているなら
まだ進めるんだ―て―思った

「もしもこの空が川ならば」

目の前に広がるその青さは
この心を遙かに受け止めて
洗い流してくれるようで

――まるで
あの真っ白な雲のよう
もしもこの空が大地ならば

触れられないあの光は
あんなにも暗い場所で
余りにも寂しそうだから

――独りで寂しくないの
月に問いかけた

夜はあまりにも静かな　海のようで
寂さはどこまでも続く　空のように

それでも静寂の中から　声にならない声が
聞こえてくるような気がする

こんなにも孤独なのに
あんなにも輝いて

――あの月はまるで
自分のようで……

4

――思うように体が動かなくて
一歩一歩が　重くて……

頭が痛んで　立ち止まる
目が霞《かす》んで　よろめいて

木に手を着いた――傍にある木に寄りかかる
そのまま――座り込んだ

見上げた空を
雲が流れていく

風が吹いたり　止んだりを　繰り返して
雲は近づいては　遠ざかって　横切っていく

立ち止まっているだけで
置いていかれるような気がするから

――早く行かなくちゃ

立ち上がろうとして―手元で草がそよいだ
―そんなに急いでどこへ行くの―

――急いで……
顔を上げて　空を眺めた

どこに――行くんだろう……
動いていく雲と　落ちていく光　瞬き始める星

流れ星が見えた
消えてしまった　消えないで――て思って

手を伸ばしていた
そうして思い出した――君

……大切なひとがいるんだ
そのひとは大事なものをなくして泣いていて
だからぼくはその涙を止めなくちゃいけないんだ

―どんなひとなの―
花が揺れた

――その人は…

ぼくは話した

君がどれだけわがままで　自分勝手で
どんなに—悲しんでいるのかを

—どうしようもないね—
風が吹いて石が転がる　呆れるように

しかたないんだ
ため息をして　ぼくは笑った

—そんなわがままなひと—放っとけばいいのに—
「わがままだから—放っておけないんだ」

—そのひとはきっと——
花は—言いかけた
——あなただからなのかな……

ぼくだから……
聞き返しても
花は答えてくれなかった

誰も　なにも　言わなかったから

しかたなく一人で考えてみたけど　分からなかった
「——でもぼくは—なにもできなかったんだ…」

—そんなことないよ—

—あなたは—

—今もそのひとの大事なものを探しているじゃない—

空の光が滲んで—ぼくは俯いた
—でも見つけられないんだ…

—そのひとはあなたを捨てたのでしょう—

—どうしてそこまであなたは自分を追いつめるの—

—どうしてそのひとのためにそこまでするの—

—それは一体…誰のためなの…

——誰のため……

伸ばした手——指をすり抜けていく風……

——その時はらりと—触れた　懐かしい香り　思い出の中の温もり
それは夢のようで　流れ星のように　どこかへ消えてしまった
あの場所で　まだ君は——泣いていて
でも——やっぱり　とてもきれいだった

——そうなんだ…
違うんだ…そうじゃないんだ…

ぼくは語りかけた

君のためとか　自分のためとか
誰かのためじゃないんだ

……

大切なひとだから
もう一度会わないといけないんだ

——もう誰も　なにも　言わなかった

涙を止めようと思ってた
でも……それが——君だったんだね

「うつろい」

流れ星は瞬いて　消えて
雲は漂いながら　空を渡る
水は止まることなく　流れて
花は大地と光に包まれて　咲く

花は咲くもの
水は流れるもの
雲は漂ってそこにあるもの
そして流れ星は　消えていってしまうもの

自分だってそう
ずっとここにいることはできなくて

5

風は音もなく吹いて　草木と花がゆらゆらと揺れて
雲は流れていく　空の時間だけ早送りになったかのように
星は動いていないのに　空そのものが海のようで
あの場所に　いつか辿り着きたいと思っていた気がする

立ち上がって　よろめいて
尻餅をついた　坐ってしまった

―待って
そんなに急がないで―
隣の石が手に当たった

―進むから変わるんじゃないよ
変わるから進むんだよ―
後ろの木が風に揺れた

―あなたにはまだその時が訪れていないのかもしれないよ―
草と葉がざわざわと揺れて　森に言われているような気がした

「意味が分からないよ…」

立ち上がろうとして―でも―力が入らなくて……

―大丈夫…その時が来れば…分かるから―
もうどこから聞こえているのか分からなかった

いつの間にか雲はどこにもなくて
月明りが差し込んだ　木の間をすり抜けるように
風が吹けば　光がオーロラみたいに揺れて

いつかの森で見た　日だまりみたいで
影と草木が一斉に揺れて
夜が囁きかけるようだった

―止まったっていいよ
引き返してもいいよ
時には振り返ることも大切だよ―

―どこかでもう一度
踏み出せるなら大丈夫だよ
だからどんな歩き方でもいいよ―

―立ち止まっても足跡はそこに残るよ
通った後になれば道が見えるよ

だからその一歩を信じるだけでいいんだよ―

「そっか……強いね…あなたたちは…」
木に寄りかかって　目を閉じたら

石が転がって手に当たった
―私たちには名前がないから―

草が飛ばされそうなくらいに大きく揺れた
―守るべきものがないから―

―ただそこにあるだけ―
―だから…あなた達が…うらやましい―

「――そんなこと……」
ないよ　て言おうとして
掠れて　言葉にならなくて
「……弱いだけなんだ……ぼくたちは」

――そうね……でも―
―それでは――いけない？―

「――そっか……」

目を開けたら　木がわさわさと揺れて
星が落ちてきそうだと　思った

「そうだね…そうかもしれない」
それでいいんだって　思って
ゆっくり立ち上がって　見上げた――空……

「――あれ……」

あの星はどこに行ってしまったの
さっきまであんなに光っていたのに

「消えちゃった……」

―ここだよ―
石が笑った

―ここにあるよ―
草が歌った

――ここ…
胸に手を当てた

君が——どうしてだろう
あの星のように消えてしまう気がして
強く胸を押さえた　苦しかった……

——いるよね…
いなくなったり——しないよね……

そこにいてよ——まだ…いなくならないでよ

消えたら嫌だよ……
まだ—そこにいてよ……

どうしようもなくて——目を閉じた……

「ダイヤモンド」

誰かの声　自分の声
色々な声　世界の声
君はこっちだよ　そうじゃないよ
あっちの方がいいよ　本当はどっちなの

でも待って
耳をすませば聞こえるよ
ささやくような　声
ひっそりとある　宝石のような

出会いの形が違うなら
拾い集めたものも違うから
見せあいっこはできても

取りかえっこはできないから

一緒にいられるのは
辿る道の途中で　歩みが重なっただけ
足元を照らしたのは
心の奥で光るもの

夜空に煌めく星のように
誰も知らない場所で眠る　宝石のように

苦しい時
痛みに耐えて
自身を削るように

より美しく　眩く
自分らしく　光るために
磨いているものは　命かもしれない

6

葉が音も立てずに落ちて　涙みたいだった
あの星もきっとこんなふうに　消えてしまったんだ
こんなにも簡単に　命はなくなってしまう
星も消えて　だから――悲しくなってしまうんだ……

どうしてあんなにも簡単に
君の悲しみも考えずに探しに行くなんて――言ってしまったんだろう……

「ぼくは……どうしたらいいんだろう……」

―生きれば―いいんじゃないかな―

深い夜が浅くなっていくような
波のように淡く引いていく
青く広がっていく
溶けていくように　星が消えていく

もう一度横になって君を想う
君の涙を――想う……
「命が消えたらきっと星になって……星が消えたらなにになるんだろう……」

―夢になるんじゃないかな―

誰に聞いたつもりではなく
返ってきてから言葉にしていたんだって　気づいた

鳥の鳴き声が聞こえて
飛んでいくのが見えた

それでも……君は生きている
確かに君は――ここにいる

生きる―て
そういうことなんだ……

伸ばした手は
なにも掴まなかった

それでもなにかに
触れられた気がした

「合図」

俯いてばかりいると
遠くの星を見逃してしまうね
急いでばかりいると
足元の花を見落としてしまうの
花を見ながら星を見ることはできないんだ

第四章　そんな時は空を見て

1

——振り返ると
足跡が残って　見えなくなるまでずっと——続いて……

——なにも聞こえない……
雪に——飲み込まれていく……

——寒い…
両手に息を吹きかけて
その息も白く　淡く——消える…

手を出して　雪が触れて
星の光が　降り注ぐみたいで
空を見上げて　雲の隙間に—やっぱり星なんて見えなくて

君はまだ—泣いているのだろうか…

不思議と足は止まらなかった
森は雪に覆われて　どこに行っていいかも分からないのに
風が吹いて　木が雪を払い落として
いつか走った森に　一歩一歩——重なっていった

森を抜けて

崖を見上げて

――走り出した　雪に足が取られて　上手く進めなくて
でも――もう……立ち止まれなくて

――なのに
足が――止まった

膝をついた　息が苦しい
両手を着いた　胸が痛い
どうしてここが海なの……

君はどこへ行ってしまったの……

体を投げ出して　目を瞑った

なにも見えない

ここにはなにも――ない……

全部――なくなっちゃった……

「ゆらぎ」

どうして気づかなかったのだろう
ここが温かい場所なのは
守られていただけ

寒くて暗い場所は
こんなにも近くにあったのに

今日という日常が　こんなにも危うくて―脆《もろ》くて
自分だってこんなにも弱くて　無力だから

傷ついて　痛みを繰り返していくだけで
自分自身が　擦《す》り減っていくような気がして

心が薄くなって　影が広がっていく
すぐ近くに光の筋が見えるのに　足が竦む
闇を覗いて　足を踏み出しても
光を見つめて　手を伸ばしても
移り変わっていくから　明日が揺れ動いて
心でさえも　光なのに闇
どうして当たり前に未来を信じていたのだろう
——生きるということは
そういうことなのに……

2

雪は降り続いているのに
――いつの間にか　ぽっかりと空いた　雲の隙間から
あんなにも星が　降ってきそうなくらいに　瞬いて
落ち葉が　どこからともなく落ちてきて　揺れて
流れ星は　止めどなく溢れる涙のようで
空も――彼方の星も――木の葉も――みんなが
泣いているようで

君が泣いていたこの場所で
ぼくも泣いた

――……雪が解けるように
結晶は崩れて水滴になって
雨粒は大粒の涙のようで
――世界が泣いていた……

雨が降るのはきっと
泣いていることを知ってほしいから

誰も気づかないなんて

そんなの　寂しいから

君も——そうだったのかな……

もしもこの世界が君のために泣くのなら

それは夢や希望とは呼べないかな…

失われるものにも…意味はあるんじゃないのかな…

「失ったもの」

あなたの背中
あなたの足跡
あなたの言葉を　思い出すと

その時を　繰り返すようで
思いが　重くなって
募っていく

あなたの背中を追うように
あなたの足跡を辿るように
あなたの思いをなぞると

あなたの心が

ここにもあること
あなたの願いが
この世界にあったこと
あなたの祈りが
日常に潜んでいたことを
知る

3

次から次へと　花びらが落ちていく
まるで雨のような　涙のようで
どこかで見た　流れ星のようで
風が吹いて　枝がそよいで

目の前に――君がいた

あの時と
変わらない姿だった

手を差し出して
花びらを受け止めていた

―どうして来たの―

「君のなくしたものを―探してきたよ」

―見つかったの…―

答えようとして―言葉が出なかった
どうしてだろう…思い出せなかった

「見つかったんだけど―見えないんだ」

―どうして―

「本当にほしいものって、もう手に入っているのかもしれないね」

思い出そうとするほど―遠ざかっていくような気がして
まるで話すことが―手を伸ばすみたいだった

「みんな気づかないから―きっと探してしまうんだ」

―あの星のように?―

「あの星?」

―ほら…あの…星―

風が吹いて　指し示すように
花びらが舞って　夜空に消えていく……

「―――見えないんだ」

―今度はあなたがなくしてしまったのね―

「夢の岬」

海を見渡すように
叶わない場所がここにあるなら

眠るように漕《こ》ぎ出した船に乗って
辿り着く場所を願う

朝と夜の狭間に飛び立つ鳥のように

どこへ行くかも分からない祈りが
羽根のように舞い降りる

忘れてしまうとしても
残り続けるとしても

一つの出会いがそこにあったなら
探したものがどこにもなくても
届かない月にだって触れられる

4

──……

「──夢……」

夢の中でも──君は相変わらずで
涙を止めたかったのに　なにもできなくて
泣いている君に　なにも言えなくて

目覚めたら夜で　月明りが眩しくて
眠ったら朝で　太陽が煩《うるさ》くて
夜と朝を　行ったり来たりするようで

同じ時間を　繰り返すように
何度も──君と出会った
もうずっと　目覚めなければいいのに……

──いつからだろう……
こんなにも──夢から覚めるのが怖くなってしまったのは……

「海の中」

時が止まったままで　息だけをするように
風が揺れたら　景色が過ぎていく

朝と夜を繰り返しているだけで　探しているものを見失って
彷徨うように　波のように揺れる

目覚めたら　夢の中で見たものが消えていく
幻のように　触れたような感覚が溶けていく

手を伸ばしたら　指先に絡まるだろうか
心の中でなくしてしまうのが　怖くて

もう一度会えたら　取り戻せるだろうか

巡る時の中で　立ち尽くしている

5

—いつまで寝ているの—

目を開けると——君がいた……

「まだ泣いているんだね…」
手を伸べると—涙に触れた
とても—温かい…

—あなたにもう一度会いたい—

「—どうして?」
ぼくはなにも——できなかったのに……

聞えるような　聞こえないような声で君は言う
—寂しいから—

「そんなの—当たり前だよ…いなくなってしまったら
その場所が空いてしまうんだ—空っぽなんだ」

当たり前なことを言っているつもりだった
なのに泣きそうになって―声が震えた

―どうすればいいの―
もう泣いているのに　泣きそうな声で君は言う

「代わりのものを入れれば……」
―駄目―

君の言葉が　ぼくの言葉をさえぎる
花びらが舞う　風が吹く　君は首を振る

―ここは―あなたの場所だから―

「それは―違うよ」
なぜか―ぼくは微笑んだ

―どうして？―
君は困惑する

「―大丈夫」
言い聞かせるように　ぼくは言う

「いつか君はきっとぼくのことを忘れるよ」

—忘れない……—

風が吹いたら　消えてしまいそうな声だった

「—忘れるよ…」

風が吹いた——

「忘れるように—なっているんだよ…」

——強く……強く……

—どうして?—

—どうして…—

—お願い…—

どんなに風が吹いても　消えない

声にならない声が　確かに—聞こえた

―どうしてそう思うの？
どうして忘れられるの…
―お願い…そんなこと言わないで

胸の中で思いが響いて　溢れそうで
伸ばした手で受け止めるように――ぼくは答えた

「そうじゃないよ」
風が止んでいく

「意味はね―あるんだよ」
時が――巻き戻っていくような気がした

「だって…君がここにいてくれることが―嬉しくて仕方ないんだ」

―だったら……―
「忘れるのはね―許しなんだよ」
どうしてそんなことを――知っていたのだろう……

……夢――

――目を覚ますと…空を舞う木の葉を見た

「気づいただけ」

この世界で
その美しさに気づいたのは
あなただけ

もしもあなたがいなくなったら
意味は失われてしまう

あなたがこの世界で
生きて
見つけたものは

意味という
命を

与えられたから

そのすべては
それだけでは存在できないもの

この世界となんらかの形で関わっているもの

見えても
見えなくても
そこにあるもの

夢から覚めるように
そのことに――気づいただけ…

6

木の葉が空から落ちてきて
ひらひらと踊るように　揺れて
花に——見えた

両手で受け止めて　息をするように動いて
空へと舞い上がって　光に照らされたら　まるで羽根のようだった

起き上がる
——行かなくちゃ

走り出す……
——あの時みたいに

どうして忘れていたんだろう
あれを——追いかけていたんじゃないか

「そんな時は空を」

そんな時は空を見て
疲れた時も　悲しい時も
苦しい時も　寂しい時も
虚しい時も

そんな時は空を見て
楽しい時も　嬉しい時も
明るい時も　美しい時も
安らぐ時も

そんな時は空を見て

あなたは──空

雲も虹も
感情と同じようなもの
時を変え　姿を変える
ある時は雨　時に雷　そして雪
晴れたり　曇ったり

雲　踊れば　虹　微笑む
星　光で　言葉を交わして
空　すべてを　受け入れている

あなたは──空

雲や星が形を変えても
空の姿は　変わらない
その姿は　あなた

第五章　あなたがあなたであること

1

雨が降っている

滴は草を跳ねて
光を纏《まと》うように輝いて　散りばめられる

雲も　虹もない　光の降り注ぐ青空で
太陽が雨を照らして　光の粒が溢れる

まるで光の中を　走っている

小鳥が草から顔を出して
羽ばたいた

虹に向かって　幾羽も集まって
群れが　虹を渡っていく

いつの間にか
立ち止まっていた

雨が止んで　虹が消えて
鳥たちが見えなくなっても

青空と草原が広がっているだけで

ずっと――見ていた
祈りのように

「愛とは　尊きもの」

恵みの雨と光が
花にとってそうであるように
優しい言葉と許しが
人にとってそうであるように
愛とは与え続けるもの
そうであるからこそ　愛となるもの
愛とは尊きもの
それは失われていくもの
日々の中で色褪《あ》せる思いのように

時の中で風化していく

愛し続けるのは尊きこと
愛を繋ぎ止めるのは尊きもの

変わりゆく世界の中で
変わることのないもの

あなたが賭けたもの
すべてが時の結晶

2

鳥の羽根が落ちてきた
でもそれは一枚の葉だった

落ちてきたから
思わず取ろうとして――やめた

取ってしまったら
この手の中で終わってしまうと――思ったから

風が吹いたら
不思議と――懐かしかった

駆け出したら風が背中を押した
草が波のようで　海の上を――走っているみたい

――そういえば……

日が落ちたら
暗くてなにも見えないと思っていた

でも夜は真っ暗じゃなかった
星が瞬いていたから　光が消えたわけじゃなかった

いなくなれば　影しか残らないと思っていた
時は戻らなくて　巡っていくものだった

……花びらが目の前を通り過ぎて――顔を上げた

花びらが風に乗ってくる
川を流れるように

――そうだったんだ
また春がやってきたんだ

「歩む道」

追いかけた
躓《つまづ》いて
転んで
落っこちて
それでも顔を上げた

追いかけた
見失って
探し回って
俯いて
それでも空は青かった

追いかけた

分からなくて
進めなくて
諦《あきら》めた
それでも違う道を歩んでいく

追いかけた
でも——もう…失ってしまった
振り返っても取り戻せない
前を見ても見つからない
それでも——生きていく

3

花の風景を
走った

森の迷路を渡って
木の根に足を取られても　風が舞って待ってくれた
影に見失っても　日だまりに見つけた

森を抜ければ
一面の草原

——そして
花びらの絨毯《じゅうたん》と……

白く光る　桃色の雪のような
青空に舞う　桜の——花びら……

足が——止まった……

—あなたは……誰—

――ぼくは……まるで…夢の中にいるみたいだった

「失うたびに拾って」

忘れるかもしれない
忘れたらまた出会えばいいよ

転ぶかもしれない
転んだらまた立ち上がればいいよ

行き止まりかもしれない
壁に出会ったら別の道を行けばいいよ

もしも闇に飲み込まれたら…?
—光を待っていればいいんだよ

4

—どうして…泣いているの—

どうしてそんなことを聞くんだろう
泣いているのは君の方なのに

答えようとして—泣いていいたのはぼくだったと気づいた

「——だって…」

声が掠れてうまく言葉にできなくて
でも…息を吸い込んで—精一杯の思いで—言おうと思った

「——君が…ここにいてくれることが—嬉《うれ》しくてしかたないんだ」

—不思議な人—
花びらが頬に触れた—差し伸べた手みたいだった

「どうして…」

—初めて会ったのに…そんなに嬉しがるなんて—

―ねぇ……あなたは―どこから来たの―

時が巻き戻っていくように―あの場所が浮かんだ
今までの旅を辿るように―失ったものも―思い出した
そこからもっと―前の―遠い場所も……

息を吐いた　体が空っぽになるまで
不安を吐き出すように

涙を腕で拭《ぬぐ》って　息を吸った
光が眩しくて　代わりに吸い込んだのは――勇気だったのかもしれない

「――一枚の葉っぱを見つけたんだ…」

そして出会ったあのひとは
とてもわがままで
けれども美しくて
――儚《はかな》くて……

「その過去について」

塗り替えたい過去と
押し潰した記憶と
消したい思い出の今がある

少しずつでいい
焦らなくていい

なくならない未来と
消せない思いと
受け止めるための今だから

ゆっくりでいい
一歩ずつでいい

なくならないのは
刺さった棘《とげ》が抜けないから

5

―それで…あなたは…見つけたの……―
あのひとに似た―その姿で…君は言った

「ずっと…探してたんだ…だから―ここに来たんだ」

―それは――なんだったの―

君の花びらが手のひらに触れて　そっと―握った…

「―…ねぇ…知ってる?…優しさってね―配るものなんだよ」

――優しさを…配るの?……―

手を開くと花びらは舞って　香りが頬に触れる

「だからね…君の花びらは―優しさだね」

ぼくは笑った

「夢ってね…これからのことばかりじゃないみたいなんだ」

「夢は……きっと――もう始まっていて…ここにあるものなんだ」

風が吹くと　枝がさらさらと揺れて
しなる姿はまるで―首を傾げるようだった

「――君なんだ」

夢がなくたっていいんだ
それでも―君は優しくて

とても―きれいで
夢や希望なんて…本当はどうだっていいんだ

君がいてくれる
それが―すべてなんだ

あの時出会った君と
似ているけれど――違うひと……

君の流す涙が
手に触れた……

あのひとの
あの時とは——違う涙……
柔らかくて　やっぱり優しくて
温かかった……

「——泣いているの？」

君は答えない
なにも——言わない……

——誰も
なにも——言わない
花びらが——溢れるだけ……

「あなたがあなたであることは」

前に進むのを諦めていいんだ

本当は

泣いたっていいし
弱音を吐いたっていいんだ

なにか光を追い求める
その手を　この足を
止めてもいいんだよ

――でもね

あなたがあなたであることを
諦めては――いけないんだ

6

―ねぇ―

光が眩しい　日が温かい

「―なに…」

雲が動いて　影が着いていく

―お願いがあるの―

風が揺れて　草が波打つ

―私のこと…忘れて―

こんなにもきれいなのに
どうして不安になるのだろう…

「……どうして」

―ねぇ…罰はどうしてあるのか知ってる?―

心臓が痛かった　胸の奥になにかが落ちた
耳を塞ぎたかったのに　体が動かなかった

聞くのが怖い
でも…聞かなきゃいけないと—思った

ずっと——考えていた……

——どうやったら許されるだろう

出会ってしまったこと
探したのに見つからなかったこと
なにも叶えることができなかったこと……

—もっと傷つくためじゃないの…もっと責められるためじゃないの—

これ以上痛むことがないように
その苦しみを終わらせるためにあるの

あなたは充分自分を苦しめたの
だからここまで来たのでしょう？

あなたは充分自分を罰したの
だからあなたはこんなにも優しいのでしょう
あなたはもう抱えた重りを―降ろしていいの…

ぼくはなにも言えなかった

…もう―許されるかな
許されても―いいのかな…
君は―許してくれるかな…

花びらが―ひらり
ゆっくりと―手を伸べるように
ぽたぽたと零れる涙を―受け止める…
―あなたはそのために…私に出会ったの―

「罰の重さ」

この手では届かないほどに
広い世界だから
時に人はそんな世界に
救われるかもしれない
抱えた重りを
降ろせるのかもしれない

7

「でも……ぼくは忘れないよ」

──どうして……──

なんだか君は悲しそうだった

「忘れられないから──ここまで来たんだ」

──どうして……──

花びらが一枚散って
言葉が舞うようで

どうしてあなたはそんなにも一生懸命なの…
生きることってそんなに──大切なの
どうしてそこまでして──生きるの…

なぜか──ぼくは笑った
手を開いたり閉じたりして──拾ったものとなくしたものを──確かめるように…

ここには──きれいなものがたくさんあって
でも──怖いものもたくさんあって
どれが本当に大切なものか分からなくなっちゃうんだ
でも──自分にとって大切なものはちゃんとそこにあって
その中にきっと──自分だけの宝物があって
だから──生きるんじゃないかな

──あなたは見つけたのね──

「うん…」

──なら…私にも…私だけの宝物があるのね…──

「そうだね…」

──私にも見つけられるかな──

「きっと…」

──ぼくが見つけに行くよ…
そんな言葉を思い出して──俯いて──飲み込んだ
「──きっと…見つかるよ…」

顔を上げた
「きっと素敵な、君だけの宝石が見つかるよ」

君はそっと　息を吐くように　笑った
―あなたに会えたことも…そうなのかな？―

笑ったから風が吹いたのか
風が吹いたから笑ったように見えたのか
一瞬のことで分からなかった
耳に君の笑い声が微《かす》かに残っていた

―……ねぇ……―

「―なに？」

―あなたに会えてよかった―

君の姿と――重なって見えたから

―ありがとう…
―じゃあね…そろそろ…行くよ…

そんな言葉も——声に—ならなくて
滴が零れ落ちる
花びらが舞い降りて
——触れたら
重ねた手のように……

「その手にあるもの」

伝えたいことが　声にならないから
この気持ちは　誰にも触れられない

でも涙なら　触れられるから

それはずっと探していたもの
なくしたと思っていたもの
自分でない誰かが——持っていたもの

見つからなかったのは当たり前
出会うためにここまで来たから

その手が——持っていてくれていたんだね

8

―さようなら―
「さようなら」

花びらが散って
涙が零れた

――……

これで――よかったのかな……
涙を拭って―それでも歩いていく…

――振り返る
もう君は見えない……空を見て―立ち止まる
「なんだか―そればっかりだ…」

これでいいんだ―て…思ったのに
それでよかったのか…分からなくなってしまう
どうして―なんだろう……

――それでもあの場所にはもう戻らない

――耳元を掠めて―囁くように
温かな風に運ばれてきた――一枚の花びら……

足を止めて―空を見て
目を瞑って―君を見る

君の声が――聞こえた気がした

滝へと落ちそうな時に聞こえた言葉
この手を掴んでくれた言葉を――思い出した

あなたは私を美しいと言ってくれた
でも―そんなことないの…私にはなにもないの
あなたがいてくれるから―私はそうあるだけ
だからお願い……私のためにいなくならないで
どうか――生きて……

――もしかしたら……ぼくはそのために
君に出会ったのかもしれない

「時の歩み　心の歩み」

戻れなくても
進んでいくことはできる
傷が癒えなくても
生きていくことはできる
まるで砂時計
いつなくなるかも分からない
明日を約束するなんて誰もできない
たくさんあるうちは
気づかないのに

どうしてだろう
少なくなった途端に大事に思えるのは

重さが変わっていくだけ

落ちる砂…減って…軽くなって…
積もる砂―増えて…重くなって…

いつしか―消えて……
気づけば―思い出……

第六章　夜明け

1

風に揺られ
目覚める頃
芽を出す君

——ここは始まりの場所——

夜が終っていく
山から光が立ち登り
闇から森をすくい取っていく

川は煌めき光を揺らす
草原に散った雨粒は光を湛えて緑に輝く

大地は海のように広がる
草は風に波打つ

——佇むのは一本の木——

幾重にも別れた枝の数々が
風に触れて震える

照らされた葉は
光が揺れるかのよう

光が雲の隙間から射し込む
ここにあの少年の姿はなくて

雲が大地に影を引き連れて
太陽は夕闇に月を導いて

花は枯れて
草原は緑の絨毯のよう

銀河が巡る
星がきらきらと消えていく
晴れわたる空の果てに
ひび割れた大地
やがて雨が降り注いで
湖ができる

湖は干あがり
空は流れていく
雨は緑を呼び覚まし

光は木々に呼びかける

幹から枝が別れ出て
光に手を伸ばすように

緑を身に纏う
大地から湧き出る息吹のように

鳥の羽根のように葉が落ちていく
雪が降れば白い衣に身を包む

光は雪を溶かす
水は木の幹を流れて

鳥が飛び立ち
花が咲く

光に照らされて
風に閃く

白銀に輝いて
春に舞い降りた雪のように

葉が揺れて
風が揺らいで

――一枚の葉が木の傍を通り過ぎていく
草原に落ちて――眠るように
古き旅が――こうして終わる

風が吹けば語らうように
木の葉が呼ばれるように空へと誘われる

すべてに太陽が微笑み
大地が見守っている

――今日もまた
新しい旅が始まる

「時に包まれて」

永遠が一瞬でしかないかのように

悲しい時も
楽しい時も
全ては流れていく

心に刻まれる
その一瞬が
永遠のように

果てのない無常さで
底のない慈悲深さで

終わりのない永遠を
時が終わらせていく
救いのように
そしてまた—始まる
世界が存在する限り
—時に包まれて

2

夕陽が照らす帰り道
見上げれば飛行機雲

続いていく雲の先に
なにがあるのだろう…

ひらひらと舞うのは一枚の葉
どうしてこんなところにあるのだろう

周りを見ても
誰もいない

どこに行くの…

——一歩
踏み出したのは

心があの葉を
追いかけようとしたから

もう一歩……
でも足が——止まった
もう—追いかける必要なんてないんだ
——だって
ほら——ここにあるじゃないか

Epilogue

失ったものが
手のひらから散って
手にあるものが
胸の中に積もった

思い出の中の
届かなかったものが
消えないように
歩き続けた

いつまで覚えていられるだろう

忘れたら
消えてしまうだろうか
見つかっても
見つからなくても
見えない場所で巡っている

どこにもいかない

花のように
揺れている

ずっと輝く星が
ここに――あるように

あとがき

　この作品が生まれた時のことは、もうはっきりとは思い出せない。覚えているのは、「どうしても形にしなければ」という切実な想いの中で書いたこと。誰に届けるのか、どうやって形にすればいいのか具体的なことは見えていなかったけれど、四作目の出版を考えた時、この作品を本にしてみようと思い立った。

　この作品は揺らいでいる、と思う。確信だったものは疑心に変わって、その不安は新たな希望に変わっていく。何度もそれを繰り返す。こんなに迷ってばかりで、誰に何を与えられるのだろうとも思ったけれど、この揺らぎこそが、伝えたいことそのものなのだと形にしていく中で気づいた。そしてこの在り方こそが、私をずっと支えてきたとも思った。そうやって私は、今でも詩を書き続けている。

路上で楽器演奏を始めて、詩集を手売りするようになったが、そこで出会った人の多くは詩集や本自体を読み慣れていなかった。今作はなるべく多くの人に読んでもらいたいと思って作ったので、読んでもらえたら嬉しい。

もしも気に入った言葉が見つかったなら、その言葉が、あなたの心を支える勇気になりますように。

この本を最後まで読んでくれて、どうもありがとう。

大野弘紀

大野弘紀（おおの・ひろき）

１９８９年生まれ。長崎県出身、埼玉県在住。文教大学人間科学部人間科学科卒業。
前著に『涙の傷　傷の光』（文芸社）、『自分を語るということ』（文芸社）、『返答詩集　余韻』（ポエムピース）がある。小説投稿サイト「クランチマガジン」に言葉を綴り、アメーバブログで詩を掲載し、その他インスタグラムやNOTE、Tumblrなど、様々な場所で言葉を綴っている。とある読者からのメッセージを機に、コメントした読者に詩を贈る試みを始める。それを「返答詩」と名付け、心に寄り添うため詩を綴っている。

Wixsite:https://goldenslumber02.wixsite.com/mysite
Twitter:@poet_ohno
Mail:goldenslumber02@gmail.com

始《はじ》まりの場所《ばしょ》 終《お》わりの場所《ばしょ》

２０１９年１月３日　初版第１刷

著者　大野弘紀
発行人　松崎義行
発行　ポエムピース
東京都杉並区高円寺南４－26－５　ＹＳビル３Ｆ
〒１６６－０００３
ＴＥＬ０３－５９１３－９１７２
ＦＡＸ０３－５９１３－８０１１
編集　川口光代
装幀　堀川さゆり
印刷・製本　株式会社上野印刷所
© Hiroki Ohno 2018 Printed in Japan
ISBN978-4-908827-49-5 C0095